FRANCE-ANGLETERRE

"Une Entente pour toujours"

« Ceci est une entente pour toujours. »
(Paroles du Roi George V.)

DISCOURS

PRONONCÉ PAR

Paul Hyacinthe Loyson

à l'Université de Londres

LE 3 MARS 1918

PARIS
3, RUE RÉCAMIER
UNION DES GRANDES ASSOCIATIONS
FRANÇAISES
CONTRE LA PROPAGANDE ENNEMIE

FRANCE-ANGLETERRE

" Une Entente
pour toujours "

« Ceci est une entente pour
toujours. »
(Paroles du Roi George V.)

DISCOURS

PRONONCÉ PAR

Paul Hyacinthe Loyson

à l'Université de Londres

LE 3 MARS 1918

PARIS

3, RUE RÉCAMIER

UNION DES GRANDES ASSOCIATIONS
FRANÇAISES
CONTRE LA PROPAGANDE ENNEMIE

FRANCE ET ANGLETERRE

Une Entente
pour toujours

*Conférence donnée
par M. Paul Hyacinthe Loyson, le 3 Mars 1918,
à l'Université de Londres,
sous les auspices de l'Anglo-French Society.*

« Ceci est une entente pour toujours. »

*(Paroles du Roi George à une délégation de
parlementaires français pendant la guerre.)*

En ces heures graves où nous sommes, je
me reprocherais, comme une vanité ou un
sacrilège, toute parole qui ne serait point un
acte convergent à l'effort de nos soldats;
c'est pourquoi je vous demande la permis-
sion de traiter le sujet de cette conférence
avec une franchise directe, d'où seulement
peut sortir une leçon pratique.

La tâche que nous nous assignons est de
cimenter par la sympathie de l'intelligence (1)
l'armature interne de l'Entente, et elle m'ap-

---

(1) *Intelletto d'amore,* Dante.

○ 3 ○

paraît plus que toute autre indispensable, parce qu'entre Français et Anglais, plus qu'entre tous autres deux peuples, et jusqu'à la veille de cette guerre, se dressaient toutes sortes d'obstacles accumulés par la nature et par l'histoire.

Tout ce qui nous séparait.

Ce serait trop peu dire, en effet, de parler de certains contrastes de caractères : l'antinomie est absolue. La race extrêmement mêlée en France et qui, dans cette île, est demeurée presque homogène ; la démarcation radicale empreinte à jamais sur la mentalité des peuples, selon qu'ils passèrent à la réforme ou s'invétérèrent dans le catholicisme ; le choc répété de cinq cents ans de guerre (1), qui finit par s'assimiler au rythme immuable de la marée battant tour à tour nos deux rivages ; cette Manche de quelques kilomètres qui, plus large moralement que l'Atlantique, s'étale entre nous comme un miroir déformant où les deux peuples se considéraient avec malice dans le grossissement de leurs travers, sans prendre garde que la dérision est la forme la plus dangereuse de l'inimitié ; tout, tout, vous dis-je, la race, la langue et la religion ; les traditions et les coutumes ; l'éducation de la jeunesse et les divertissements de l'âge mûr ; l'allure, le geste, le vêtement ; le penser, le sentir, le manger, le boire ; l'amour aussi et la mort elle-même, le cycle entier des fonc-

(1) Exactement de 1334 à 1815.

tions humaines que nous n'accomplissons pas de la même manière, tout nous oppose, comme deux espèces d'êtres qui n'habiteraient pas la même planète, et c'est au point que celui qui vous parle et qui participe de ces deux mondes, sent en lui deux personnalités, il devrait plutôt dire deux âmes, qu'il dépouille et revêt alternativement, chaque fois qu'il franchit le détroit.¯

... Mais ce qui nous rapprochait.

Parmi toutes ces antinomies je n'ai point fait de place, vous l'aurez remarqué, aux institutions politiques. C'est que, par elles, au contraire, entre nos deux peuples si opposés par des complexions si diverses, s'établit dès le XVIᵉ siècle et se resserre au XVIIIᵉ, un parallélisme supérieur de l'évolution sociale et de la pensée objective.

Messieurs, j'y veux retenir votre attention: rien n'est plus grand, rien n'est plus beau que les raisons impersonnelles, plus patientes que le temps lui-même et plus fortes que la nature, qui devaient, en 1914, spontanément et logiquement, faire de ces éternels ennemis des alliés éternels aussi.

Nos guerres loyales.

Ah! je sais bien qu'à travers les siècles nos deux loyautés se pressentaient en s'affrontant sur les champs de bataille. Il ne faut point manquer de rappeler que Jeanne d'Arc, après le combat, sautait à bas de son cheval pour secourir, le long de la route, les Anglais blessés qu'elle rencontrait et qu'elle déclarait à ses juges, avec cette finesse d'esprit français qui se colore d'*humour* britannique : « *J'aime bien les Anglais, mais chez eux.* » Et il ne faut pas se lasser non plus de citer l'épisode de Fontenoy (1), que notre fraternité d'armes actuelle éclaire et ravive d'un sens prophétique : les Anglais arrivés à cinquante pas de la ligne française, précédés de leur artillerie, leurs officiers ôtant leurs chapeaux en un large geste de salut, Lord Hay ouvrant ce duel entre gens d'honneur par ce cri: « *Messieurs des gardes françaises, tirez!* » et le comte d'Auteroche lui répondant par ce refus : « *Messieurs, nous ne tirons jamais les premiers, tirez vous-mêmes!* » (2) Enfin, pourquoi ne pas associer à ce mot fameux un autre mot plus énergique, plus militaire et, par là, aussi plus expressif de l'estime mutuelle qui se maintenait et qui s'accroissait entre nous, à mesure que nos luttes s'exaspéraient jusqu'au paroxysme de Waterloo? Ce mot, Messieurs, est du duc de Gordon, un Ecossais qui, au cours de la guerre d'Espagne contre Napoléon Ier, portait ce toast, invariablement, à chaque repas, en y conviant ses officiers : « *A nos ennemis les Français, et le diable soit de nos alliés les Prussiens!* » (3) Tels étaient, amis britanniques, les sentiments qui ennoblissaient notre inimité et qui, déjà, la démen-

---

(1) 1745.
(2) La légende a transformé la phrase en celle-ci : « Messieurs les Anglais, tirez les premiers. »
(3) « Here's to our enemy the French, and d..... the Prussians! »

taient; tels étaient nos procédés de guerre,
au temps de la guerre chevaleresque où
l'ennemi ne massacrait pas, du haut des cieux,
les femmes et les enfants de l'arrière, par
ordre formel des états-majors et où les
armées, sur les champs de bataille, ne
déshonoraient pas le carnage par l'usage
des poisons chimiques imposé à tous les
belligérants. Nous échangions de grands
coups d'épée dans la lumière, nos lames
pouvaient dégoutter de sang, mais elles
n'avaient pas une tache de boue, et vous
comprendrez avec quelle fierté, dans quelle
harmonie réalisée, celui qui vous parle en
ce moment a pu, au cours de la présente
guerre, le premier d'entre les Français, pro-
noncer un discours à Trafalgar Square au
pied de la statue de Nelson, le vainqueur de
Napoléon, réconcilié avec la France.

L'un contre l'autre pour le même idéal.

Mais, pour dissiper cette longue méprise
que fut notre inimitié chronique, c'est à des
réflexions plus hautes que je veux recourir
ici. Dégagés de leurs contingences occasion-
nelles, tous les moments décisifs et, pour
ainsi dire, culminants de la lutte qui nous
mit aux prises révèlent qu'en nous combat-
tant par erreur, nous combattions pour le
même principe, défendu, trahi tour à tour par
l'un ou l'autre de nos deux peuples, et sans
doute aussi à leur insu, car l'Histoire est un
dieu caché dont nous ne sommes que les ser-
viteurs. Ce principe éclate cependant en
quatre occasions mémorables, fidèle et iden-

tique, à lui-même en dépit de nos variations qu'il utilise à son profit : c'est le principe de la Liberté opposée à la Tyrannie. C'est lui que la France, sous Jeanne d'Arc, symbolise contre l'Angleterre, c'est lui que l'Angleterre, sous Louis XIV, retourne et soutient contre la France; c'est lui que la Révolution française incarne contre la coalition des rois dont l'Angleterre a pris la tête; et c'est lui que l'Angleterre en revanche vient sauver, sous Napoléon, d'une nouvelle menace de l'autocratie. Ne dirait-on pas deux combattants enrôlés sous la même bannière et qui, par maladresse aveugle, se portent des coups côte à côte, plutôt que deux antagonistes campés face à face pour un duel à mort, sous deux étendards, dont les couleurs ne pourraient jamais se confondre?

Peut-être apercevez-vous maintenant comment s'est faite à travers l'histoire la conciliation de nos contraires, réduits par une logique intime à une identité de principe. Car c'est le principe qui nous a unis, et non l'intérêt, non le calcul, non la sympathie élective. Partis des points les plus extrêmes du monde moral, cheminant chacun selon ses voies vers la réalisation de cet idéal de liberté, le peuple anglais par tempérament et le français par emballement, tous deux, un jour, le 4 août 1914, à l'aboutissement de leur histoire, se sont retrouvés sur la même cime sans y avoir pris rendez-vous, sans que nulle alliance les y assemblât, simplement par cette loi profonde que toujours la vérité est une.

Je dis, Messieurs, que cela est grand, que cela est beau, et que l'Histoire admirera cette démonstration sans pareille de la suprématie des nécessités de l'esprit sur les contrariétés de la race.

C'est ainsi que s'est faite, entre nos deux peuples, l'Entente politique, puis militaire, comme l'amitié digne de ce nom se fonde entre les individus (1) par ce qu'il y avait de meilleur en nous et surtout de supérieur à nous. C'est ainsi que la vieille étreinte féroce qui mêlait les morsures des adversaires, se détendit et se renoua en une accolade fraternelle. C'est ainsi que, depuis la troisième croisade, où Philippe Auguste et Richard Cœur de Lion avaient conclu la première Entente (2), la brouille séculaire de nos deux peuples les avait préparés, en dépit de l'histoire, à mener ensemble la Croisade suprême.

Les diffamateurs de l'Angleterre.

La Grande Guerre, Mesdames et Messieurs, nous a révélés les uns aux autres par la force de ce principe plus haut. Mais, ce n'est point assez de l'affirmer en en déduisant la démonstration de considérations historiques, il convient encore d'en rappeler les preuves tirées d'arguments plus récents, afin que certaines rumeurs infâmes soient refoulées au fond de la « bouche d'ombre ».

---

(1) Sénèque : « Il n'y a d'amitié qu'entre les honnêtes gens ».
(2) 1190-1191.

« L'Angleterre n'est point, insinuent ces voix, l'éternelle vigie du Continent qui sauvegarde la liberté du monde. C'est une impératrice qui tient boutique et qui redoute qu'on lui ferme sa devanture. Cette guerre est, pour elle, une opération commerciale contre sa rivale allemande qui l'eût ruinée dans son négoce et menacée dans son existence même, avant un autre quart de siècle »... Ici, Messieurs, arrêtons-nous et arrêtons ces diffamateurs pour les forcer de faire avec nous le départ entre la vérité avouable et la calomnie outrageuse.

Quel observateur impartial des compétitions de l'histoire moderne pourrait nier que la Grande-Bretagne, si elle se fût tenue à l'écart du mortel conflit de 1914, eût fait de son « splendide isolement » le plus stupide des suicides; qu'elle eût ainsi offert ses côtes, livré la forteresse de son empire à une prochaine invasion allemande, et que, par ainsi, dans son intérêt évident, elle devait entrer dans cette guerre ?

La question qui se pose est très différente de celle-là. Il s'agit, d'abord, de savoir si l'Angleterre a prémédité et provoqué la catastrophe, par un égoïsme scélérat, aux dépens du reste de la race humaine, et ensuite, à défaut de cette responsabilité, d'examiner pour quelle raison déterminante, la lutte étant engagée par d'autres, elle s'y est jetée de tout son élan.

Messieurs, depuis longtemps, ce procès est jugé, et les pièces à conviction se sont, à la charge de l'Allemagne, accumulées en de tels monceaux (1) qu'elles me dispensent d'y revenir autrement que par une antithèse. En 1911, était publiée à Paris une brochure de Francis Delaisi (2), qui fit fureur dans certains milieux et qu'à l'appui de la thèse défaitiste on ose même invoquer depuis la guerre. Or, l'auteur de la *Guerre qui vient* nous expose doctoralement, de la première page à la dernière, que la rivalité anglo-allemande sera la cause du conflit prochain : *Le duel anglo-allemand, les guerres d'affaires, l'industrie anglaise contre l'industrie allemande, l'encerclement, l'appel au canon*, tels sont les sous-titres de l'opuscule.

Le plan même de l'agression anglaise y est prévu dans le moindre détail :

« *Supposez que le cabinet de Londres ait décidé d'en finir. Par une nuit sombre, sans avertir personne — car aujourd'hui on commence par faire la guerre, on la déclare ensuite — une escadre anglaise traverse la mer du Nord et vient s'embosser à l'embouchure de l'Elbe, arrêtant les bateaux qui viennent de Hambourg... En même temps une flotte de croiseurs patrouille à travers la Manche, une autre croise entre l'Ecosse et la Norvège, arrêtant, l'un après l'autre, tous les bateaux de commerce à destination de l'Allemagne. L'industrie ennemie est bloquée... »*

Là-dessus, l'« *orgueilleux kaiser* », si sournoisement attaqué, s'empresse de faire « *occuper par les troupes prussiennes les places et les*

---

(1) A toutes ces preuves fournies par les livres diplomatiques, le mémoire du prince Lichnowsky devait, peu après cette conférence, ajouter une dernière consécration.

(2) *La Guerre qui vient*, édition de la « Guerre Sociale », 1911.

ports de la Hollande », et finalement, c'est sur Anvers que se concentre le choc des deux rivales. faute de soldats, l'Angleterre en demande à la France, *la France envahit la Belgique!* (1). On m'assure que l'auteur de ce chef-d'œuvre conserve un nom chez les défaitistes et je vois, en effet, que M. Romain Rolland le cite avec admiration dans une lettre à l'un de ses disciples dont l'activité fut des plus louches (2). Mais faut-il se plaindre après tout, que les épouvantes de cette guerre aient suscité de joyeux Thersite qui dérident nos fronts pour retremper nos cœurs ?

A cette merveilleuse prophétie contentonsnous de donner pour réplique le récit d'une scène qui s'est passée au *Foreign Office* à la veille de l'agression allemande. Un de mes confrères anglais se trouvait dans le cabinet de Sir Edward Grey en conversation avec un secrétaire du ministre. Ce dernier, dans ce moment même, prononçait aux Communes un grave discours destiné à ouvrir les yeux de la nation aux terribles réalités qui allaient fondre sur son rêve de paix. Le secrétaire était plus qu'inquiet de l'accueil que le ministre allait recevoir d'une assemblée si *radicalement* pacifique, et, tout en causant avec mon confrère, il tenait d'une main le récepteur

_____

(1) *La « Guerre qui vient »* : *« En vérité, je cherche les raisons que les Allemands ont de nous attaquer; je ne les trouve pas... Le premier régiment français qui franchira la frontière belge pour marcher sur Anvers déchaînera contre nous une guerre formidable.*

(2) Romain Rolland, lettre à Goldsky, dans la *Tranchée Républicaine* et le *Populaire*, de M. Jean Longuet, juin 1917. Le correspondant de Romain Rolland devait être condamné à huit ans de bagne pour trahison, en mai 1918.

du téléphone qui le reliait à Westminster, d'où un camarade, dans les « lobbies », lui communiquait les mouvements de séance. Les voici, tels qu'à mesure le secrétaire les annonçait à son visiteur : « *Une grande réserve, un silence glacial... Pas de protestation cependant... Quelques marques d'approbation... L'assemblée se laisse persuader... Grands dieux ! on l'acclame...* » (1) Voilà comment la nation anglaise, représentée par son Parlement libéral et dirigée par un ministre le plus obstiné à la paix qu'ait jamais surpris la menace d'une guerre (2), a prémédité l'attaque d'Anvers !

L'Angleterre se révèle à la France.

Le « chiffon de papier », mes chers compatriotes français, voilà la raison, l'unique raison de l'immédiate entrée en guerre de la Grande-Bretagne à nos côtés, le poids décisif, la considération morale — lourde de tout l'honneur britannique — qui emporta la balance de l'opinion publique de ce pays en faveur du Droit et du Sacrifice. Sans le coup d'ongle dédaigneux du Chancelier crevant cette feuille de papier jauni, oui, l'Angleterre, plus tard peut-être, aurait pu nous rejoindre dans la bataille ; elle ne nous y eût point accompagnés dès le premier appel du tocsin. A cette heure-là, si la Belgique fût

_____

(1) « Good heavens, he's cheered ! »

(2) « Sir Edward Grey né cessait toujours pas de réfléchir à de nouvelles issues. » (Noch immer sann Sir Edward Grey nach neuen Auswegen), c'est-à-dire à de nouveaux moyens d'éviter la guerre : témoignage du Prince Lichnowsky.

demeurée intacte et respectée, aucun ministre, aucun souverain, aucune évidence d'intérêt vital n'eût pu entraîner dans la guerre,
sans lui donner le temps de reprendre son
souffle et ses esprits, de consulter son devoir
et ses chances, ce grand peuple si calme et
positif, si lent aussi à s'ébranler de toute sa
masse. C'est autour du « chiffon de papier » qu'il se rallia d'un seul élan comme
autour du plus pur symbole de sa fidé-
lité à la parole, comme autour du plus
fier drapeau qui se fût levé sur son histoire,
et il le fit à la minute, sans calculer l'effroyable risque qui l'attendait dans l'inconnu. Car
la manière de se donner vaut plus, elle aussi,
que le don de soi-même (1). Et combien cette
manière fut magnifique ! Le 2 août 1914,
lorsque je quittai la capitale pour rejoindre
mon poste de mobilisé, je me rappelle quelle
anxiété nous étreignait devant l'énigme de
l'Angleterre : est-ce que l'Angleterre « mar-
cherait » ? Huit jours plus tard, dans un
petit village des Vosges, j'entendais les
acclamations que poussaient d'enthousiasme
nos futurs poilus à la nouvelle qu'ils déchif-
fraient sur l'affiche blanche de la mairie :
« L'Angleterre marche, vivent les Anglais ! »
Cette ivresse de joie venait de la surprise,
fût-ce de la surprise désirée, et cette surprise prouvait le don indépendamment de
tout contrat.

Pourtant, Messieurs, même après sa décision prise en raison de la Belgique violée,

---

(1) « La façon de donner vaut mieux que ce qu'on
donne », proverbe français.

'Angleterre pouvait différer de quelques jours, de quelques semaines, son intervention effective, s'efforcer de gagner du temps pour improviser sa résistance, pour organiser son imprévoyance. Même après sa décision prise, elle avait peut-être intérêt à n'envoyer sur le Continent qu'une poignée de figurants de son infime armée, à voir venir les premiers chocs, à laisser, en un mot, la destinée se trancher sur les champs de bataille de la Marne où toutes les prévisions humaines semblaient annoncer un désastre. Nous vaincus, elle gardait son armée entière pour la sauvegarde de son île; nous vainqueurs, elle nous dépêchait cette armée pour la parade après la victoire. Car c'est une question rétrospective qu'on n'a pas, que je sache, soulevée encore, et nos bons alliés ne m'en voudront pas d'avancer ici une hypothèse qui semble d'abord les désobliger. Ce qui déclancha sans conteste notre victoire sur la Marne, c'est l'apparition foudroyante, tenue par von Kluck pour impossible, de l'armée de Paris sur l'Ourcq : génial coup de foudre de Gallieni. A la rigueur, ce facteur acquis, l'axe de l'invasion — et du monde — ayant été ployé en ce point, les Français pouvaient à eux seuls, en drainant à temps toutes leurs réserves, gagner la bataille immortelle. L'Angleterre ne le voulut point. Elle voulut sa part de tout le péril, à l'heure la plus noire de ce péril, et parce que l'espoir s'éteignait; elle envoya ses « sept divisions » se faire hacher à Mons sur nos arrière-gardes, et afin qu'elles se fissent hacher en couvrant le malheur de la

France, elle ne mit pas pour nous une armée sur terre, elle mit toute cette armée sous terre où elle repose depuis trois ans : elle se donna jusqu'à la mort. Voilà, Français, cette île d'égoïsme que nous avions baptisée la *perfide Albion* ; voilà ces voisins méconnus avec lesquels nous échangions des sarcasmes indignes de nos peuples. Dites si ce n'est pas à nous Français, de proclamer que cette Angleterre où le sens du devoir collectif, fils de la droiture individuelle, peut inspirer un tel exemple, est à jamais la *loyale Albion*? Dites si le partage de tout le péril ne lui vaut pas celui de toute la gloire? Dites si cette guerre, comme je le prétends, ne fut pas pour la France et pour le monde la révélation de l'Ile de l'Honneur ?

La France se révèle à l'Angleterre.

Cette guerre, plus encore, amis anglais, vous aura révélé la France. Certes, vous ne nous faisiez pas l'outrage d'adopter cette calomnie allemande, d'une France d'avant 1914, ou dégénérée par épuisement, ou corrompue par raffinement, comme une prostituée des nations. Il me souvient d'un portrait d'elle, qu'au début des hostilités un de vos correspondants de Paris estompait en touches délicieuses : une femme d'automne, en sa grâce pensive, gardant son sourire dans son épreuve, revivant son passé sans en déchoir, comme sans y puiser l'ambition de l'avenir, une princesse de mélancolie qui ne se redresse pour la lutte que par un souci d'élégance.

Eh bien, cela même était faux. La France a l'âge de sa volonté, c'est-à-dire, toujours, l'âge de son devoir. La France, c'est cette vieille paysanne et c'est cette fillette de quinze ans qui, en l'absence de l'homme aux armées, poussent la charrue sur la plaine picarde, sous le feu de l'artillerie ennemie, à l'admiration de vos soldats. Là, fut pour vous la révélation, dans le stoïcisme de notre peuple, plus même que dans l'héroïsme de nos troupes, dans l'obstination de nos villageois à revenir camper sur des décombres qui avaient été leurs foyers, dans l'abnégation de nos mères françaises dont le regard reste clair sous le voile de deuil, parce qu'il se lève, au-dessus des morts, vers l'image de la Patrie sauvée. De cela, Messieurs, de cette vénération des soldats anglais pour nos populations du Nord, de l'affection confiante et fraternelle qu'ils éprouvent à leur endroit et qu'ils en reçoivent de retour, de cette découverte mutuelle d'un pacte d'union familial, j'ai été moi-même le témoin, et j'y ai vu, j'y ai touché le signe vivant et fécond de cette Entente qui se cherchait à travers les siècles.

Un jour vint enfin, amis anglais, où ce sentiment de vénération que vous éprouviez pour les Français, vous l'avez reporté sur la France et transformé en adoration. C'est lorsque cette France tout entière, celle du front comme celle du pays, démontra que sa fougue d'enthousiasme, irrésistible dans l'attaque, se pouvait muer en cette volonté, inflexible dans la résistance, qui la fit se dresser pendant douze mois, toute seule au nom de tout l'Occident, pour en sauvegar-

der les destins contre la ruée la plus gigan-
tesque que l'histoire ait vu se déchaîner. Ce
jour-là, dans cette France d'acier, l'Angleterre de granit s'est reconnue. Et cela s'est
appelé la religion de Verdun que vous avez
fondée, vous, Anglais, et dont vous entre-
tenez le sanctuaire (1).

Obligation de l'alliance permanente.

Désormais, Messieurs, cette alliance de
nos deux pays doit passer de l'ordre politique et occasionnel dans l'ordre moral et per-
manent. Pour nous Français, avant la guerre,
j'estime, quant à moi, qu'il était loisible,
qu'il était même juste et généreux autant que
méritoire, d'offrir à l'Allemagne une dernière
chance en rêvant avec elle d'une *entente cour-
toise*, qui n'eût pas affaibli *l'entente cordiale*
avec l'Angleterre, mais, au contraire, l'eût
comme doublée et renforcée pour le maintien
de la paix du monde. Si je fus des Français
qui firent ce rêve, je m'honore d'avoir eu
cette vaine candeur, parce que, sous les
coups de l'agression allemande, l'effondre-
ment même de cette illusion a fait éclater la
bonne foi de la France et rejaillir au ciel les
saintes colères. Aussi, plus que d'autres,

---

(1) Deux traits entre mille qui témoignent de cette
« adoration » de la France que les Anglais ont conçue
pendant la guerre. L'auteur de cette conférence, passant
en tenue dans les rues de Londres, vit un vieillard se
découvrir en prononçant ce mot : « La France ! » D'autre
part, en mai 1918, un généreux anonyme anglais faisait
abandon « à la France » de ses bons de la Défense natio-
nale anglaise, se montant à des milliers de livres, « à la
France pour ses sacrifices ». Il faut que les Français
sachent ces choses.

aujourd'hui, ces Français-là ont autorité
pour déclarer comme je le fais ici : sagesse et
devoir avant la guerre, démence et forfaiture,
après ! De même qu'aux époques préhisto-
riques, le surgissement d'un volcan nouveau
bouleversait sur un continent tout le bassin
et le régime des fleuves, de même l'éruption
de 1914 partage désormais l'histoire du
monde en deux versants : avant et après le
crime de l'Allemagne. Désormais, la France
et l'Angleterre, avec l'Italie et l'Amérique,
s'agrègent en un continent moral d'où l'Empire
allemand s'est exclu. De l'infrangibilité de
ce bloc dépend, dans l'avenir, toute liberté,
toute dignité, toute raison d'être de l'espèce
humaine. Mais n'oubliez pas que, géographi-
quement, en raison des flots et des distances
qui les séparent, ces quatre sœurs de Démocratie sont des cariatides solitaires qui sup-
portent le Temple futur. Devant la masse
unique des Germains, si menaçante depuis
trois ans et qui s'accroîtra, plus formidable,
au lendemain de la paix, pour surplomber le
destin de l'Europe, précaire la sécurité de
l'Angleterre, tragique la position de la
France ! Ne pouvant désormais, ni l'une ni
l'autre, se rallier à l'Allemagne sans déshon-
neur, elles ne pourront, sans péril mortel, se
désallier l'une d'avec l'autre. Indivisibles
moralement, elles doivent s'appuyer géogra-
phiquement : l'Angleterre en retrait, comme
la forteresse des Latins, la France à l'est,
ainsi que l'Italie au sud, tête de pont des
Anglo-Saxons en face des Germains, avant-
poste des peuples libres en contact direct
avec les Barbares. C'est pourquoi je dis que

tous ceux-là sont des criminels qui s'efforcent, comme ils le font, aussi bien en France qu'en Angleterre, à détourner nos regards du drame présent où se joue la vie des nations, pour les troubler par le mirage de l'ancienne idylle internationale; qui s'évertuent, comme ils le font dans nos deux pays, et par une contradiction d'intrigues qui est le châtiment des mauvais cœurs, à ramener chacun de ces pays, par un labyrinthe de sophismes, vers le rêve de l'amitié allemande. Criminel, dis-je, et complice de l'ennemi, quiconque s'ingénie sournoisement à insinuer dans le bloc moral de l'Entente une première fissure qui s'élargirait en abîme; criminel quiconque, ici comme en France, se permet, à l'égard de l'autre nation, le moindre propos, le moindre murmure, j'allais dire la moindre pensée ou de doute et de suspicion, ou de dénigrement et de dérision : les plaisanteries même d'autrefois seraient aujourd'hui sacrilèges. Car elles déferaient l'œuvre des siècles et le chef-d'œuvre de la guerre actuelle ; car il est des unions si nobles que le divorce serait un scandale ; car les causes les plus chétives, comme ces agaceries dont je parle, peuvent produire des effets immenses — et souvent les destins des peuples ne tiennent qu'à un fil invisible. Nouons l'avenir d'un câble d'airain. La Manche, moralement, doit rester à jamais comblée, Albion ne sera plus jamais une île; et, politiquement, militairement, absolument, l'alliance de la France et de l'Angleterre s'impose comme le dogme de l'après-guerre : « *Ceci*, a déclaré le **Roi George**, *ceci est une entente pour toujours...* »

La Société des Nations, c'est nous.

Messieurs, je me croyais au terme de ma tâche quand un bourdonnement singulier me force d'y prêter attention pour découvrir ce qu'il signifie. J'ai compris. Ce sont les évangélistes de l'Entente qui instituent la paix universelle par la Société des Nations...

Cette alliance étroite, à perpétuer entre l'Angleterre et la France pour sauver le présent et l'avenir de la Démocratie dans le monde, tout ce dont je viens de vous démontrer la nécessité primordiale, vitale et sacrée pour nos deux pays, tombe de soi-même, comme superflu, inadéquat et inopérant, pis encore, se condamne soi-même comme une rhétorique meurtrière qui tendrait, dans la paix, à prolonger un esprit de guerre entre les peuples. Le dernier canon ne sera pas refroidi après son dernier coup tiré que nous aurons la paix éternelle par la Société des Nations... Il ne me reste donc ou qu'à déchirer mon discours ou qu'à répondre au bourdonnement : je réponds.

Vous venez, ô bourdonnants frelons, réclamer comme votre trouvaille le miel que, depuis trois ans et demi, nous avons extrait de nos épreuves, de nos misères et de nos sacrifices. La Société des Nations, c'est nous, c'est la France et l'Angleterre unies, qui, dès le 4 août 1914, par respect pour la foi jurée, marchèrent au secours de deux petits peuples violentés par deux grands empires; le premier autel de ce nouveau culte, ce furent les ruines ensanglantées de la Belgique et de la Serbie. Et combien, depuis lors, cette Société a, tout ensemble, élargi ses rangs et resserré sa communion ! Vingt-cinq nations y sont entrées, pour mater les quatre tribus de brigands qui composent la horde de nos ennemis. La formule même de cet idéal, que vous brandissez comme une menace, ce sont les Alliés qui l'ont proclamée, criée, depuis trois ans, à tous les échos, et, sans manquer ni de déférence ni de gratitude envers le président Wilson, on peut bien dire que, par son immortel message qui dressait l'Amérique à nos côtés, loin de nous faire l'aumône d'un idéal, il nous a fait, au contraire, l'honneur d'adopter celui que nous défendions.

Veut-on cependant que cette Société soit officiellement scellée par un pacte entre toutes les Nations du Droit ? Je ne verrais aucune objection à cette louable formalité : je me bornerai à faire observer que la chose, aussi bien que le mot, est, déjà, réalité vivante, que, déjà, cette Société fonctionne au delà de nos espoirs les plus audacieux, puisque cette société se bat, puisque l'élément hypothétique de toute combinaison de ce genre, je veux dire la sanction de la force — de la force fédérée et organisée — nous est fourni par la guerre elle-même. Qu'attendent donc nos évangélistes pour s'apercevoir que la Société des Nations, c'est la phalange des Nations alliées, que la « gendarmerie internationale », ce sont nos armées coalisées, et que notre croisade contre l'Allemagne n'est qu'une opération de police ? L'occasion leur est belle, en vérité, de se convertir au patriotisme pour le salut de l'humanité, et le bourdonnement dont je parlais n'a plus qu'à s'achever en *Marseillaise*.

Mais vous entendez bien, n'est-ce pas, qu'il s'agit de tout autre chose, c'est-à-dire d'un point essentiel à quoi ils n'osent faire allusion, mais qu'ils nous suggèrent en sourdine. Qui dit Société dit tous les peuples; celle que nous formons n'est qu'une Ligue. Donc l'Allemagne fera-t-elle, oui ou non, partie intégrante, nécessaire de la Société des Nations? Voilà posée la question brutale. Cette fois, ma réponse sera brève.

Ou bien l'Allemagne que vous accueillez dans cette Société de tous les peuples est une Allemagne démocratique, ayant osé la révolution et chassé les Hohenzollern; le problème est ainsi résolu d'avance, dont dépend tout le sort de l'Europe : la Société des Nations est un truisme, grâce à la victoire des Alliés.

Ou bien vous faites place dans cette Société à l'Allemagne du Kaiser, inchangée, indomptée et impénitente, et, alors, le problème ne se présente plus qu'à des consciences abâtardies : la Société des Nations est une infamie qui absout les crimes de la Prusse.

Toutes nos pensées aux frères d'armes franco-britanniques.

Ah! Messieurs, se peut-il vraiment qu'on s'amuse à de telles logomachies et qu'on s'abuse de telles équivoques, à l'heure où le destin va frapper? N'aurons-nous acquis par l'exemple russe que la manie du suicide verbal?

Quand le Sénat de Byzance s'épuisait en spéculations sur le sexe des anges au paradis, le cheval du Sultan conquérant s'ébrouait déjà devant les murailles, et les têtes tranchées des sénateurs achevèrent leurs recherches dans l'autre monde. Quand le Soviet de Riga épiloguait sur la pure essence de la liberté, les premières patrouilles de l'armée allemande le surprirent au milieu de sa dispute et fournirent la solution pratique de cette équation idéale en pendant tout le monde haut et court. Faudra-t-il donc la plus effroyable ruée de l'ennemi, qui se renforce, en ce moment même, de tout l'appoint de la trahison russe, pour mettre fin à nos jeux d'école?

Car il va frapper, le destin, et, tandis que certains, parmi nous, consultent l'indulgence de leurs cœurs pour savoir à quelles conditions ils tendront les mains aux Allemands, soldats britanniques et soldats français s'apprêtent dans les plaines de Picardie à soutenir le choc de l'avalanche allemande. Laissez-moi ne plus penser qu'à eux, ne plus regarder qu'eux, ne plus écouter qu'eux. Resserrés coude à coude sur cette pointe de la terre de France qui s'attache au lambeau de la terre de Belgique, le dos à la mer et faisant face, de l'autre côté, à la marée montante des masses ennemies, ils se dressent, au bord de l'Europe, comme sur un îlot de liberté: tout l'avenir du monde dépend d'eux. Et je crois voir ces bons camarades, qui se sont connus à l'ouvrage, rapprocher leurs têtes dans l'attente. Et tout bas, je crois les entendre se prêter, en cette heure tragique, le serment qu'ici j'ai fait pour vous. Un mot, un seul leur monte aux lèvres, celui qu'on soupire à l'amour et celui qu'on crie à la mort, celui qui résume et qui affirme toutes les aspirations humaines à travers toutes les heures d'angoisse. Nos soldats se le murmurent : *Toujours !* (1)

_____

(1) Vingt jours plus tard se produisait, en Picardie, la première grande offensive allemande de 1918. L'*Indépendance Belge*, publiée à Londres, enregistrait cette prédiction dans son compte rendu de cette conférence, numéro du 5 mars 1918. Elle ajoutait : « *La conférence de M. Paul Hyacinthe Loyson a eu la valeur d'un événement* ».

Imp. de Vaugirard, H.-L. MOTTI, dir., Paris.